Mayanito's New Friends
Los nuevos amigos de Mayanito

By / Por
Tato Laviera

Illustrations by / Ilustraciones de
Gabhor Utomo

Translation by / Traducción de
Gabriela Baeza Ventura

Piñata Books
Arte Público Press
Houston, Texas

Publication of *Mayanito's New Friends* is funded by grants from the City of Houston through the Houston Arts Alliance and the Clayton Fund. We are grateful for their support.

Esta edición de *Los nuevos amigos de Mayanito* ha sido subvencionada por la Ciudad de Houston por medio del Houston Arts Alliance y el Clayton Fund. Les agradecemos su apoyo.

Piñata Books are full of surprises!
¡Piñata Books están llenos de sorpresas!

Piñata Books
An Imprint of Arte Público Press
University of Houston
4902 Gulf Fwy, Bldg 19, Rm 100
Houston, Texas 77204-2004

Cover design by Bryan Dechter / Diseño de la portada por Bryan Dechter

Cataloging-in-Publication (CIP) Data is available.

♾ The paper used in this publication meets the requirements of the American National Standard for Permanence of Paper for Printed Library Materials Z39.48-1984.

Printed in Hong Kong in May 2017–August 2017
by Book Art Inc. / Paramount Printing Company Limited

7 6 5 4 3 2 1

For all the children of the Americas.
—TL

For my wife Dina Kang, thank you for all your support.
—GU

Para todos los niños de América.
—TL

Para mi esposa Dina Kang, gracias por todo tu apoyo.
—GU

Way above the clouds, above the rainforest, high on a mountaintop, Prince Mayanito was looking down at the entire western hemisphere. He observed rain forming in the clouds below. Soon the clouds sounded like thundering warriors. Within each gigantic raindrop was a child. One by one, the drops landed gracefully onto the earth.

Más allá de las nubes, encima del bosque tropical, arriba de la montaña, el Príncipe Mayanito miraba todito el hemisferio occidental. Veía la lluvia formarse en las nubes de abajo. Y de un momento a otro, las nubes sonaron como guerreros estruendosos. En cada gota gigante, había un niño. Una por una, las gotas cayeron con gracia sobre la tierra.

The children formed a circle and each held a musical instrument. A girl from Appalachia held a banjo, a Mexican boy a guitar, a Brazilian girl a berimbao, an Alaskan boy a flute, a Puerto Rican boy a güiro, a Hawaiian girl a ukulele and a Jamaican boy a shekere.

Mayanito descended from his mountaintop to play with the raindrop children. As the sun warmed the land, the raindrop children began to evaporate. Amazed, Mayanito watched as they turned into flowers.

Los niños formaron un círculo y cada uno llevaba un instrumento musical. Una niña apalache llevaba un banjo, un niño mexicano una guitarra, una niña brasileña un berimbao, un niño de Alaska una flauta, un niño puertorriqueño un güiro, una niña hawaiana un ukelele y un niño jamaiquino un chequere.

Mayanito descendió de la montaña para jugar con los niños de las gotas de lluvia. Cuando el sol calentó la tierra, los niños empezaron a evaporarse. Sorprendido, Mayanito vio que se transformaron en flores.

Mayanito was sad to have lost his playmates. He gathered all the flowers and began to cry. His tears ran down his face and body and into the village below. When they finally landed on the ground, they transformed into children again.

Mayanito decided to go down the mountain toward the village to find his new friends. He climbed into a canoe and floated downstream.

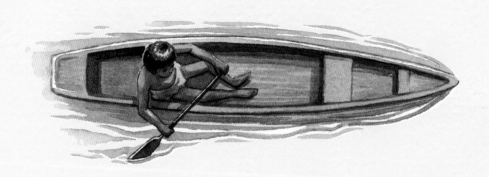

Mayanito estaba triste por haber perdido a sus compañeros de juego. Recogió todas las flores y empezó a llorar. Sus lágrimas se deslizaron por la cara y el cuerpo hasta llegar al pueblo al pie de la montaña. Cuando las lágrimas por fin cayeron sobre la tierra, se transformaron en niños otra vez.

Mayanito decidió bajar de la montaña hacia el pueblo para buscar a sus nuevos amigos. Abordó una canoa y navegó río abajo.

The canoe floated to a cave that was guarded by a snake named Pablito. He slithered up to Mayanito and said, "Prince Mayanito, I'll protect you from the mosquitoes, ants, centipedes and slugs that live in this cave."

"Thank you, Pablito. Will you come with me to look for my new friends?"

Pablito got in the canoe, and away they floated. But soon, they crashed into a rock and flew through the air. Luckily, they landed on Teresa, a crocodile who was happy to guide them through the jungle.

La canoa flotó hasta una cueva protegida por una serpiente llamada Pablito. Ésta se deslizó hacia Mayanito y le dijo —Príncipe Mayanito, te protegeré de los mosquitos, las hormigas, los ciempiés y las babosas que viven en la cueva.

—Gracias, Pablito. ¿Quieres venir conmigo a buscar a mis nuevos amigos?

Pablito se subió a la canoa, y se alejaron flotando. Pero pronto chocaron con una roca y salieron volando. Por suerte, cayeron encima de Teresa, una caimán que encantada les sirvió de guía en la selva.

Away they went on Teresa's back, until they reached a swamp where they began to sink. Miguel, a monkey, wrapped his tail around a strong tree branch and pulled Mayanito, Pablito and Teresa from the sinking sand. When they were on safe ground, other monkeys arrived with bananas and coconuts and invited them to a feast. It was delicious!

As they ate, Mayanito noticed a pair of shining amber eyes staring at them. It was Rafael, the jaguar. Teresa and Pablito went up to the ferocious cat, "Rafael, please allow safe passage for Prince Mayanito." And Rafael answered, "It will be an honor for him to pass through my jungle."

Se alejaron sobre la espalda de Teresa, hasta que llegaron a un pantano en donde empezaron a hundirse. Miguel, un mono, enredó su cola en la robusta rama de un árbol y sacó a Mayanito, Pablito y Teresa de la arena movediza. Ya en tierra firme, llegaron otros monos con bananas y cocos y los invitaron a un festín. ¡Estuvo delicioso!

Mientras comían, Mayanito vio un par de ojos ámbar brillante que los miraban. Era Rafael, el jaguar. Teresa y Pablito subieron hasta donde estaba el feroz gato —Rafael, por favor, permite que el Príncipe Mayanito pase sin problema. —Y Rafael respondió— Será un honor que él pase por mi selva.

They continued on their journey until they came to a giant waterfall blocking the way. Miguel and the monkeys decided to make a hammock out of vines to carry Mayanito through the waterfall. Teresa, Rafael and Pablito said goodbye as the monkeys swung the hammock from tree to tree. The wind blew strong and rocked Mayanito's hammock back and forth, back and forth. He fell out but was able to hang on to a vine. A flock of flamingoes then flew up and caught him just as he let go. All the animals applauded as Mayanito rode a flamingo like a horse.

Continuaron con el viaje hasta que llegaron a una cascada gigante que obstruía el paso. Miguel y los monos decidieron hacer una hamaca con enredaderas para cargar a Mayanito. Teresa, Rafael y Pablito se despidieron cuando los monos empezaron a pasar la hamaca de árbol en árbol. El viento sopló con fuerza y movió la hamaca de Mayanito de un lado a otro, una y otra vez. Mayanito se cayó pero alcanzó a agarrarse de una enredadera. Una parvada de flamencos llegó y lo atrapó justo cuando se soltó. Todos los animales aplaudieron cuando Mayanito montó un flamenco como un caballo.

The flamingoes set Mayanito down in the village and then took off, circling the people below and dropping feathers as good luck charms. The children were happy as they sang and played their instruments. One of the children handed Mayanito a beautiful drum, and he happily played music with them. When the adult villagers heard the music, they joined the celebration. Soon, everyone was singing, "America, America."

Los flamencos dejaron a Mayanito en el pueblo y se fueron haciendo un círculo sobre la multitud y soltando plumas para la buena suerte. Los niños estaban felices mientras cantaban y tocaban sus instrumentos. Uno de los niños le entregó un lindo tambor a Mayanito, y felizmente tocó música con ellos. Cuando los adultos del pueblo escucharon la música, se unieron al festejo. Pronto todos estaban cantando "América, América".

One of the children explained to the villagers, "Mayanito is a prince. He lives way, way up there. I saw him when he came down."

Another child led Mayanito to their festival. It was the first time Mayanito had seen anything like it. He rode a horse in the carousel and went way up in the sky on the ferris wheel. He took his first bite of cotton candy and he shot a basketball through a hoop. He enjoyed the bumper car ride and was even brave enough to get on the roller coaster!

Uno de los niños les explicó a los aldeanos —Mayanito es un príncipe. Vive allá arriba, lejos, lejos. Lo vi cuando bajó.

Otro niño llevó a Mayanito al festejo. Era la primera vez que Mayanito veía algo así. Montó un caballito del carrusel y subió alto hasta el cielo en la rueda de ferris. Por primera vez probó el dulce de algodón y metió el balón en el aro de baloncesto. Disfrutó el paseo en los carritos chocadores y hasta fue lo suficientemente valiente para ¡subirse a una montaña rusa!

After the rides, the children sat down at a long table covered with all kinds of tropical fruits and vegetables. Mayanito was happy, but he missed his family. He kept looking up at the mountaintop. His heart yearned to be back home above the clouds.

On the mountaintop, there was great sorrow. The men of the tribe had spent all day looking for Mayanito. They returned to tell his parents that they had found the empty canoe at the edge of the waterfall. Mayanito's father and mother were very worried.

Después de los juegos, los niños se sentaron en una mesa larga cubierta con todo tipo de frutas y verduras tropicales. Mayanito estaba feliz, pero extrañaba a su familia. Miraba y miraba hacia la cima de la montaña. Su corazón deseaba estar de vuelta en casa sobre las nubes.

En la cima de la montaña había mucha pena. Los hombres de la tribu habían pasado todo el día buscando a Mayanito. Habían regresado a decirles a sus padres que habían encontrado la canoa vacía a la orilla de la cascada. El padre y la madre de Mayanito estaban muy preocupados.

The next morning, everyone boarded Simeón, the inchworm train. They headed up the mountain to take Mayanito home. This would be the first meeting ever of the people from the mountaintop and the villagers from below. Together, they would create peace and friendship between the two peoples.

When the train reached the end of the line, the children clapped their hands in thanks for the fun ride. The flamingos were waiting and invited Mayanito and his new friends to get on their backs. Some of the children were afraid to fly with the big pink birds. But Mayanito said to them, "Come, let them take you to my home."

A la mañana siguiente, todos se subieron en Simeón, el tren gusano. Iban a la cima de la montaña para llevar a Mayanito a casa. Ésta sería la primera reunión de la gente de la montaña y la gente del pueblo. Juntos crearían paz y amistad entre las dos comunidades.

Cuando el tren llegó a su destino, los niños aplaudieron agradeciendo el divertido paseo. Los flamencos estaban esperando e invitaron a Mayanito y a sus amigos a que los montaran. Algunos de los niños tenían miedo de volar con los grandes pájaros rosados, pero Mayanito les dijo —Vamos, dejen que los lleven a mi casa.

Mounted on flamingos, the children were amazed at what they could see high above the ground. When they saw a lion in the jungle, they squealed, "Oooohie!" The birds flew into a large, dark cave and the children hid their heads in the birds' necks and screamed, "Maaaaaaaa!" The birds finally came out of the cave and into the light, and the children were able to see all the birds of the rainforest flying along with them.

Montados sobre flamencos, los niños se sorprendían con lo que veían desde arriba de la tierra. Cuando vieron un león en la selva, gritaron —¡Uuuyyy! —Los pájaros volaron hacia una grande y oscura cueva, y los niños escondieron sus cabezas en el pescuezo de los pájaros y gritaron— ¡Maaaaaa! —Los pájaros salieron de la cueva a la luz, y los niños vieron que todos los pájaros de la selva volaban con ellos.

In the distance, Mayanito's tribe heard thundering feet and people singing. They saw a herd of jungle animals headed by Pablito, the snake. The animals were coming to the mountaintop! The members of the tribe did not know what to do. Then they spotted Mayanito. He was walking hand in hand with the children on his right side and Pablito, Teresa and the other animals on his left. Mayanito had brought friends to his home.

Mayanito's mother and father ran to embrace him. Mayanito's father placed a beautiful crown on his head and led him to the throne. Mayanito was now king. And he declared all the children of the hemisphere members of his tribe and named the snake and the crocodile as official mascots.

En la distancia, la tribu de Mayanito escuchó el estruendo de los pies y la gente cantando. Vieron una manada de animales de la selva liderados por Pablito, la serpiente. ¡Los animales estaban subiendo a la cima de la montaña! Los miembros de la tribu no sabían qué hacer. Luego reconocieron a Mayanito. Iba de la mano con los niños a su derecha y con Pablito, Teresa y los otros animales a su izquierda. Mayanito había traído amigos a su casa.

Los padres de Mayanito corrieron a abrazarlo. El papá de Mayanito le puso una corona en la cabeza y lo llevó al trono. Mayanito ahora era el rey. Y declaró que todos los niños del hemisferio eran miembros de su tribu y nombró a la serpiente y a la caimán las mascotas oficiales.

A joyous celebration of the people and the animals of the hemisphere took place on Mayanito's birthday.

Mayanito and his father drew a map of the hemisphere on the ground. Mayanito asked the children to find their countries on the map and play their music. He went to the equator, the exact center point of the hemisphere. He closed his eyes as he listened to the music coming from each part of the map.

Se hizo una alegre celebración con la gente y los animales del hemisferio en el cumpleaños de Mayanito.

Mayanito y su padre dibujaron un mapa del hemisferio en la tierra. Mayanito les pidió a los niños que encontraran sus países en el mapa y que tocaran su música. Mayanito fue al ecuador, el centro exacto del hemisferio. Cerró los ojos mientras escuchaba la música que se entonaba en distintas partes del mapa.

Suddenly, Mayanito felt someone shaking him. He opened his eyes and woke up in his mother's lovely arms. He had been dreaming. He had never left his home. His mother and a group of village children were singing a Mayan song. They were there to celebrate Mayanito's birthday.

As Mayanito got dressed for his birthday party, he wondered, *Did the raindrop children really exist? Could he visit them again?*

De repente, Mayanito sintió un zarandeo. Abrió los ojos y despertó en los lindos brazos de su madre. Había estado soñando. No se había ido de casa. Su madre y un grupo de niños del pueblo estaban cantando una canción maya. Estaban allí para celebrar el cumpleaños de Mayanito.

Mientras se vestía, Mayanito se preguntó *¿Existirían los niños de las gotas de lluvia? ¿Los podría visitar otra vez?*

Jesús Abraham "Tato" Laviera was a famous poet and playwright whose literature was full of love for immigrants and common people of all backgrounds. Laviera was born in Santurce, Puerto Rico, in 1950 and moved with his family to New York when he was a boy; there, he was enchanted by all the people he encountered from the different parts of the world. Tato was the author of five books of poetry, all of which are now part of one volume, *Bendición* (Arte Público Press, 2014), and a number of plays that were produced on stage. In fact, a theater in New York City has been named in his honor. When he died suddenly in 2013, his family found the *Mayanito* manuscript among his papers and hoped this beautiful, happy story could be shared with the children of the world.

Jesús Abraham "Tato" Laviera fue un poeta y dramaturgo famoso cuyas obras estaban llenas de cariño para los inmigrantes y la gente común de diverso origen. Nacido en Santurce, Puerto Rico, en 1950, cuando aún era niño se trasladó con su familia a Nueva York, donde le encantaron todos los residentes oriundos de distintas partes del mundo. Publicó cinco libros de poesía, que hoy forman parte de su gran tomo *Bendicón* (Arte Público Press, 2014), y varias obras escenificadas de teatro. De hecho, se ha nombrado un teatro nuevayorquino en su honor. Cuando murió de repente en el 2013, su familia encontró el manuscrito de *Mayanito* entre sus papeles y deseó que esta bella y alegre historia fuera compartida con los niños del mundo.

Gabhor Utomo was born in Indonesia and received his degree from the Academy of Art University in San Francisco in 2003. He has illustrated a number of children's books, including *Kai's Journey to Gold Mountain* (East West Discovery Press, 2004), a story about a young Chinese immigrant held on Angel Island. Gabhor's work has won numerous awards from local and national art organizations. His painting of Senator Milton Marks is part of a permanent collection at the California State Building in downtown San Francisco. He lives with his family in Portland, Oregon.

Gabhor Utomo nació en Indonesia y se tituló en Academy of Art University en San Francisco en el 2003. Ha ilustrado varios libros infantiles, entre ellos *Kai's Journey to Gold Mountain* (East West Discovery Press, 2004), la historia de un joven inmigrante chino detenido en la Isla Angel. Las obras de Gabhor han sido muy premiadas por organizaciones de arte locales y nacionales. Su pintura del Senador Milton Marks forma parte de una colección permanente en el California State Building en el centro de San Francisco. Gabhor vive con su familia en Portland, Oregon.